EL FÚTBOL EN TODO EL MUNDO

Por Tracey West

Ilustrado por Jeff Albrecht Studios

Published simultaneously in English as *Maya and Miguel: Soccer Around the World.*

ISBN 0-439-78348-8

12 11 10 9 8 7 6 5 4 3   14 15 16 17 18/0

Printed in the U.S.A.   40

First Spanish printing, September 2005

SCHOLASTIC INC.

New York   Toronto   London   Auckland   Sydney

Mexico City   New Delhi   Hong Kong   Buenos Aires

Una tarde, después del entrenamiento de fútbol,
Maya jugaba con su pelota mientras volvía a casa.

Cuando ya estaba cerca de su casa, la sorprendió un joven deportista. El chico le quitó la pelota a Maya y la cabeceó varias veces.

—¡Oye! —gritó Maya.

El padre de Maya se rió.

—Este es mi amigo, Eddie Johnson —dijo el señor Santos—. Lo conocí en nuestra tienda de mascotas. Eddie juega en el FC Dallas, un equipo de la Major League Soccer, la liga profesional.

—Perdona que te quitara la pelota —le dijo Eddie a Maya—. Cuando veo una pelota, no lo puedo evitar.

—¡Increíble! —dijo Maya—. ¡Una estrella de fútbol de verdad!

—Invité a Eddie al apartamento para que conozca el resto de la familia —dijo el señor Santos.

—Eddie se va a quedar a cenar —dijo abuelita.
Maya sonrió.
—¡Fantástico!

Entonces apareció Miguel con un papel en la mano.

—Tengo malas noticias —dijo—. ¡Quieren cortar el programa de fútbol de la escuela! El comité escolar lo someterá a votación a finales de semana.

La señora Santos leyó el papel y frunció el ceño.

—Es verdad —dijo—. El comité dice que tienen un problema de presupuesto. Es probable que el año que viene cancelen el programa de fútbol.

En ese momento, Miguel vio a Eddie. Casi se le salen los ojos de la cara.

—¡Eddie Johnson! —gritó—. ¿Qué haces en mi casa?

—En estos momentos, estoy escuchando las malas noticias de tu escuela —contestó Eddie. Para animarlos a todos, les contó sus experiencias en todo el mundo como jugador de la selección nacional de Estados Unidos.

Maya dio un salto y las bolitas de su cola de caballo se iluminaron.

—¡Eso es! —gritó—. ¡Tengo una idea!

—Eddie, tú podrás marcar más goles que Maya, pero nadie tiene más ideas que ella —dijo el señor Santos sonriendo.

Maya les contó su plan rápidamente.

—¡Me gusta! —dijo Miguel—. Pero creo que necesitaremos ayuda.

Al día siguiente, Maya y Miguel se reunieron con todos sus amigos y les contaron el plan de Maya.

—Lo llamo el Plan FEA —explicó Maya—: ¡Fútbol En Apuros!

Llegó el día de la reunión del comité escolar. El tesorero explicó el problema: no tenían suficiente dinero en el presupuesto para mantener un equipo de fútbol. Tendrían que eliminarlo.

—¿Alguien tiene algo que decir? —preguntó el presidente.

—¡Nosotros! —dijeron Maya y Miguel, y saltaron a la tarima.

—Hemos preparado una presentación que se llama "El fútbol en todo el mundo" —dijo Maya.

Los amigos de Maya y Miguel también subieron a la tarima.

—El fútbol es uno de los deportes más populares del mundo —empezó a decir Miguel.

—Muchos países tienen un equipo nacional
—continuó Maya—. Y cada cuatro años juegan en
un campeonato que se llama la Copa Mundial.
¡Es el mayor evento futbolístico del mundo!

—El fútbol empezó en Inglaterra, a mediados del siglo diecinueve —dijo Theo.

—En Inglaterra se llama *football*, pero en Estados Unidos se llama *soccer*. Este deporte se hizo tan famoso en Inglaterra, que pronto se extendió por todo el mundo.

IDIOMA NACIONAL DE INGLATERRA: INGLÉS

NOMBRE DEL EQUIPO NACIONAL: LOS LIONS

JUGADOR FAMOSO: DAVID BECKHAM

GRAN MOMENTO: CUANDO GANARON LA COPA MUNDIAL DE 1966

Chrissy fue la siguiente.

—Brasil tiene el mejor equipo de fútbol del mundo —dijo—. Han ganado cinco veces la Copa Mundial.

—¡Más que ningún otro país! Uno de los mejores jugadores de la historia es de Brasil. Se llama Pelé. ¡En la década de los setenta, Pelé jugó en Estados Unidos!

NOMBRE DEL EQUIPO NACIONAL: OS CANARINHOS (LOS PEQUEÑOS CANARIOS)

IDIOMA NACIONAL DE BRASIL: PORTUGUÉS

JUGADOR FAMOSO: PELÉ

GRAN MOMENTO: CUANDO GANARON LA COPA MUNDIAL POR QUINTA VEZ EN EL 2002.

Después le tocó el turno a Andy.

—El fútbol se suele jugar al aire libre —dijo—, por eso tardó en hacerse popular en países muy fríos como Dinamarca y Suecia.

—Ahora ambos países tienen buenos equipos. Incluso han empezado su propia liga durante los meses fríos para mantenerse en forma.

GRAN MOMENTO: CUANDO DINAMARCA GANÓ LA COPA EUROPEA DE NACIONES EN 1992.

IDIOMA NACIONAL DE SUECIA: SUECO

IDIOMA NACIONAL DE DINAMARCA: DANÉS

DATO DIVERTIDO: A LOS AFICIONADOS DE DINAMARCA SE LES LLAMA "ROLIGANS". ¡SON MUY ANIMADOS!

Maggie fue la siguiente.

—En Japón, el fútbol tardó mucho tiempo en hacerse popular —dijo—. Hasta que en 1981 apareció un cuento de tiras cómicas sobre fútbol. Hizo que mucha gente se interesara en el deporte.

—Ahora el equipo nacional es muy famoso. Algunos aficionados van a los partidos vestidos de los personajes de *animé*. ¡*Animé* quiere decir dibujos animados en japonés!

Después apareció Tito.

—Después de Brasil, Italia tiene uno de los mejores equipos del mundo —dijo.

—¡Han ganado la Copa Mundial tres veces! El equipo nacional usa camisetas azules. ¡Por eso los llaman "el Escuadrón Azul"!

Entonces le tocó el turno a Maya.

—En Estados Unidos, las mujeres son las grandes estrellas del fútbol —dijo—. ¡El equipo nacional femenino ha ganado la Copa Mundial dos veces!

—El fútbol también es muy popular entre los niños y niñas. ¡Hay más de quince millones de jugadores entre los 5 y los 19 años!

IDIOMA NACIONAL DE EE.UU.: INGLÉS

LIGA MASCULINA MÁS IMPORTANTE: MAJOR LEAGUE SOCCER

JUGADORA FAMOSA DE FÚTBOL: MIA HAMM

GRAN MOMENTO: CUANDO EL EQUIPO FEMENINO GANÓ LA SEGUNDA COPA MUNDIAL EN 1999.

—Ahora vamos a oír a una verdadera estrella de fútbol —dijo Miguel—. ¡Nuestro amigo, Eddie Johnson!

—He viajado por todo el mundo —dijo
Eddie—. He visto a chicos jugando fútbol en
África, Europa, Asia y América Latina. Se
ponen en forma, aprenden a jugar en equipo y
se divierten. El fútbol mejora sus vidas.

—Necesitamos que en nuestra escuela haya fútbol —dijo Maya.

—El fútbol nos conecta con el resto del mundo —añadió Miguel.

Los miembros del comité hablaron entre ellos en voz baja. Después, el presidente se puso de pie.

—Nos convencieron —dijo—. El programa de fútbol es demasiado importante para eliminarlo. Encontraremos la forma de mantenerlo.

—¡Bravo! —exclamaron los chicos.

—¡Lo conseguimos! —gritó Miguel.

—¡Me siento como si hubiera ganado la Copa Mundial! —dijo Maya sonriendo.

Prueba de Memoria

Marca la respuesta correcta.

1. ¿Cómo llamó Maya a su plan para salvar el programa de fútbol?
a. FEP: Fútbol En Problemas
b. FEA: Fútbol En Apuros
c. FPS: Fútbol Para Siempre

2. ¿Cuál era el plan de Maya y Miguel?
a. Hablar frente al comité escolar sobre el fútbol en el mundo.
b. Escribirle una carta al comité escolar.
c. Jugar un partido de fútbol con el comité escolar.

3. ¿Cómo ayuda el fútbol a los chicos?
a. Los mantiene en forma.
b. Les enseña a jugar en equipo.
c. Las dos, a y b.